La manta azul del conejito

Tatyana Feeney

miau

Al conejito le encantaba su manta azul.

Small Bunny loved Blue Blanket.

Todo lo que hacía,
lo hacía con la manta azul.

Everything he did, Small Bunny did with Blue Blanket.

El conejito necesitaba su manta azul para llegar más arriba en el columpio.

Small bunny needed Blue Blanquet
to help him go even higher on the swings.

Necesitaba su manta azul
para que le ayudara a pintar
sus mejores dibujos . . .

He needed Blue Blanket to help him
paint his best pictures . . .

Y necesitaba la manta azul
para leer las palabras díficiles
de sus libros.

and he needed Blue Blanket to help him
read the hardest words in his books.

El conejito siempre llevaba
su manta azul.

Un día, cuando estaba con ella
en el arenero . . .

Small Bunny and Blue Blanket were always together.
One day, when they were in the sandpit . . .

Mamá le llamó:
—Conejito, ven con tu manta,
a los dos os hace falta lavaros.

Mummy called, 'Time to come in Small Bunny,
you both need a wash.'

El conejito pensó que su manta
estaba perfecta así.

Small Bunny thought Blue Blanket
was perfect the way it was.

Pero su mamá no opinaba igual.

¡Conejito!

His Mummy didn't agree. 'Bunny!'

Después de bañar al conejito . . .

After Small Bunny was washed . . .

y secarlo . . .

and dried . . .

. . . mamá se llevó la manta azul
y la metió en la lavadora.

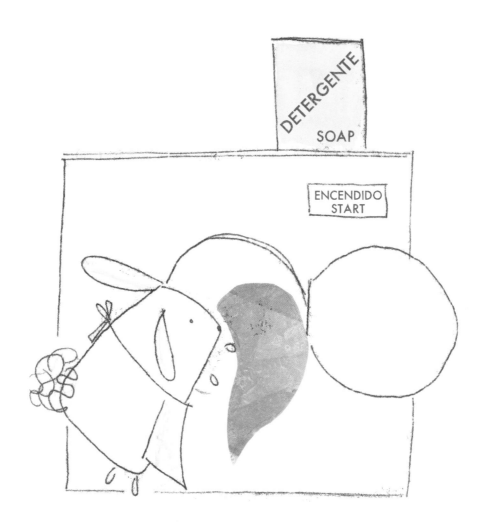

. . . Mummy picked up Blue Blanket
and put it in the washing machine.

—No te preocupes,
solo tardará un minuto —dijo.

'Don't worry,' she said, 'it will only take a minute.'

En realidad, fueron 107.

Y el conejito estuvo mirando
la manta azul
cada uno de ellos.

It actually took 107. And Small Bunny
watched Blue Blanket for every single one.

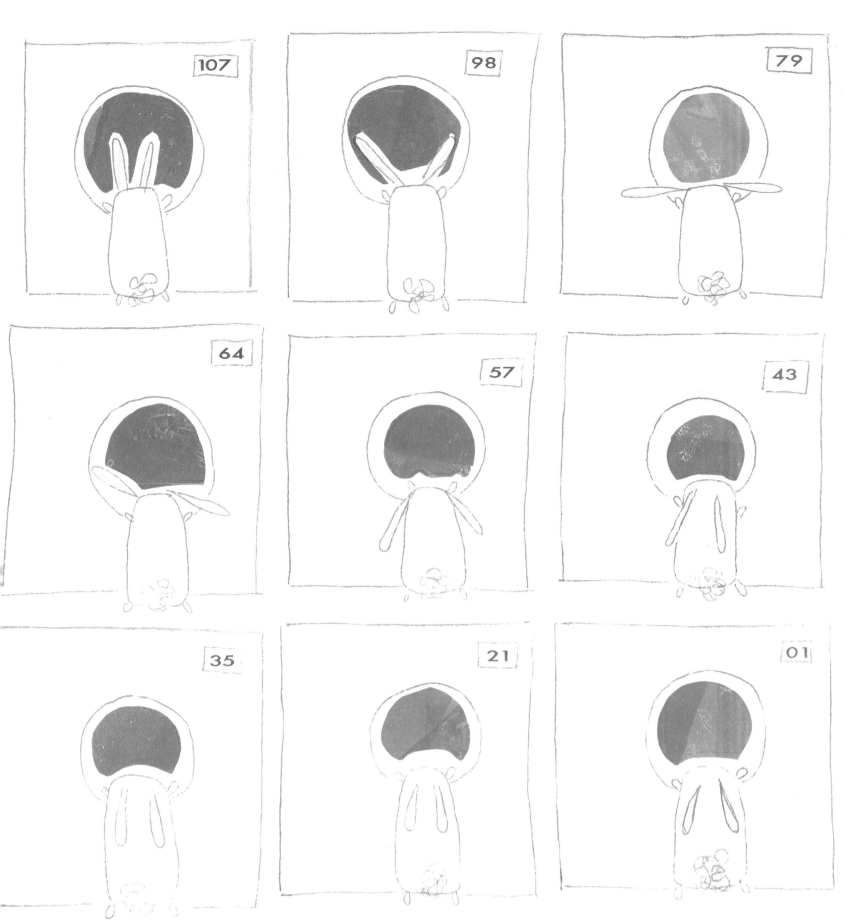

Mamá colgó la manta azul para que se secara.

Mummy hung
Blue Blanket out to dry.

–¡Como nueva! –exclamó.

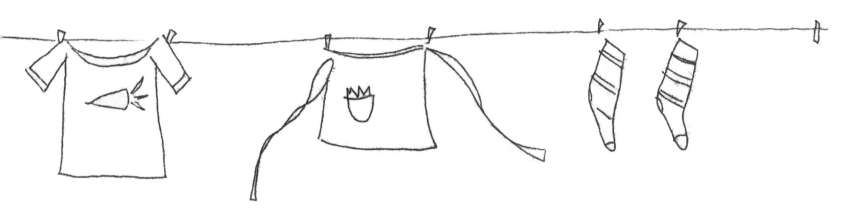

El conejito no estaba de acuerdo.

'Good as new!' she said.
Small Bunny did not agree.

A él no le gustaba nueva.

He did not like new.

Pero después de mucho columpiarse,

pintar,

But after plenty of swinging, painting,

leer

y jugar. . .

reading, and playing . . .

. . . la manta azul
estaba igual que antes.

. . . Blue Blanket was just the way it was before.

Perfecta.

Perfect.

Para mamá y papá

Texto e ilustraciones © Tatyana Feeney 2012

La manta azul del conejito fue publicado originalmente en inglés en 2012.
Esta edición se publica mediante acuerdo con Oxford University Press.
Small Bunny's Blue Blanket was originally published in English in 2012.
This edition is published by arrangement with Oxford University Press.

© de esta edición: Ediciones Jaguar, 2012
C/ Laurel 23, 1º - 28005 Madrid
www.edicionesjaguar.com

ISBN: 978-84-15116-23-3